AF360112

VENTE

du Lundi 24 Février 1896

HOTEL DROUOT, Salle n° 6

A TROIS HEURES

Deux Tableaux importants

peints par

GREUZE

Mᵉ Jules **BONNIN**
Commissaire-Priseur
62, rue Taitbout, 62

M. Henri **HARO**
Peintre-Expert
14, rue Visconti et rue Bonaparte, 20

Avec le concours de **M. HARO**, Père

1896

VENTE JUDICIAIRE

CATALOGUE

de

Deux Tableaux importants

peints par

GREUZE

et provenant de la

Collection du Marquis MAISON

dont la vente aura lieu

HOTEL DROUOT, SALLE N° 6

Le **Lundi 24 Février 1896**, à trois heures

EXPOSITIONS :

PARTICULIÈRE — le Samedi 22 Février 1896

PUBLIQUE — le Dimanche 23 Février 1896

de 1 h. 1/2 à 5 h. 1/2

Mᵉ **Jules BONNIN**
Commissaire-Priseur
62, rue Taitbout, 62

M. **Henri HARO**
Peintre-Expert
11, rue Visconti et rue Bonaparte. 20

Avec le concours de **M. HARO** ✿, *Père*

1896

Conditions de la vente.

Elle sera faite au comptant.

Les acquéreurs payeront *cinq pour cent* en plus du prix d'adjudication.

Marie-Madeleine, née à Magdala, village de Galilée, près du lac de Génésareth, vivait au premier siècle de notre ère. Sœur de Lazare et de Marthe, elle avait reçu dans sa part d'héritage le château de Magdalum, d'où lui était venu le nom de Magdeleine.

Douée d'une grande beauté, elle s'était fait connaître par les dérèglements de sa conduite, lorsqu'elle entendit parler de Jésus et de ses prédications. Elle voulut le voir, et à peine l'eut-elle vu et entendu qu'elle fut convertie et renonça complètement à sa vie de courtisane. A partir de ce moment on la rencontre en diverses circonstances dans la vie du Christ. C'est à son propos que, chez Simon le Pharisien, Jésus répondit à ce dernier, qui lui manifestait son étonnement qu'il se laissât approcher par une courtisane : « Il lui sera beaucoup pardonné parce qu'elle a beaucoup aimé. »

Madeleine fut des premières à suivre Jésus dans la sanglante tragédie de la Passion ; elle demeura aux pieds de la croix tout le temps qu'il y fut attaché et assista à l'ensevelissement du Crucifié.

Après l'Ascension, elle demeura avec la sainte Vierge et, pendant la première persécution, elle se retira en Galilée avec Marthe et Lazare. Plus tard, bannis et exposés sur la Méditerranée, sur un navire désemparé, ils abordèrent en Provence, dont ils furent les apôtres. De là, Madeleine se retira dans la grotte de la Sainte-Baume. Après trente années de pénitence dans cette solitude, n'ayant pour compagnon qu'un lion, elle y mourut après avoir reçu la communion de la main de saint Zozime, que Dieu lui envoya à cet effet.

Dans la légende, le saint fut aidé par le lion pour ensevelir Madeleine.

Pour faire ses compositions, le peintre a choisi le moment où Madeleine est retirée dans la grotte de la Sainte-Baume.

TABLEAUX

~~~~~~

GREUZE (Jean-Baptiste)

Né en 1725 — Mort en 1805

1 — La Madeleine blonde.

Elle est représentée, grandeur nature, dans la grotte de la Sainte-Baume. Éclairée par un rayon lumineux, elle est agenouillée sur une natte, ses cheveux blonds épars, la tête appuyée sur sa main gauche; tout marque dans son attitude le repentir. De sa main droite elle tient une croix qu'elle serre sur sa poitrine.

A ses pieds est un livre ouvert, appuyé contre une croix de bois. Dans le fond, à gauche, on voit un lion couché.

(Ancienne collection de M. le marquis Maison.)

T. — H., 1ᵐ,80. L., 1ᵐ,35.

Peinture remarquable par le mérite de l'exécution et sa belle tonalité.

~~~~~~

2 — La Madeleine brune.

Ce second tableau, quoique semblable au précédent dans l'ensemble de la composition, est différent dans les détails. C'est évidemment un autre modèle, que Greuze s'est plu à peindre.

Celle-ci est brune de cheveux et de carnation; il y a de notables changements dans l'arrangement des cheveux; le livre ouvert, au lieu d'être placé près d'une croix, est appuyé contre des pierres; et le lion, qui est placé derrière elle, est représenté debout au lieu d'être couché. On remarque aussi d'autres changements dans les détails du fond.

(Ancienne collection de M. le marquis Maison.)

T. — H., 1^m,80. L., 1^m,45.

1926 — Librairies-Imprimeries réunies, rue Mignon, 2, Paris.